Gute Geschichten bessern die Welt.

Shereen Sayda

Die Augen meiner Yade

story.one – Life is a story

1. Auflage 2022
© Shereen Sayda

Herstellung, Gestaltung und Konzeption:
Verlag story.one publishing - www.story.one
Eine Marke der Storylution GmbH

Alle Rechte vorbehalten, insbesondere das des öffentlichen Vortrags, der Übertragung durch Rundfunk und Fernsehen sowie Übersetzung, auch einzelner Teile. Kein Teil des Werkes darf in irgendeiner Form (durch Fotografie, Mikrofilm oder andere Verfahren) ohne schriftliche Genehmigung des Copyright-Inhabers reproduziert oder unter Verwendung elektronischer Systeme verarbeitet, vervielfältigt oder verbreitet werden. Sämtliche Angaben in diesem Werk erfolgen trotz sorgfältiger Bearbeitung ohne Gewähr. Eine Haftung der Autoren bzw. Herausgeber und des Verlages ist ausgeschlossen.

Gesetzt aus Crimson Text und Lato.
© Fotos: https://jmarlohoh.wixsite.com/jemal/illustration

Printed in the European Union.

ISBN: 978-3-7108-1592-8

An das, was von Syrien übrig geblieben ist, für die, die in Vergessenheit geraten sind, schreibe ich.

INHALT

Die Augen meiner Yade	9
Raffaello	13
Orangenscheibe	17
Hier sprechen die Sterne	21
Mein weißer Hut	25
Für die Liebe singen	29
Krieg und Sünde	33
Der Jasmin und die Kugel	37
Schutzengel	41
Weltkarte	45
Aus dem Grab	49
Auf der anderen Seite	53

Die Augen meiner Yade

Es ist Freitag und heute gibt es eine Party. Dafür stehe ich jetzt vor dem Spiegel und mache mich fertig. Die Haare sind schon gemacht, mein Make-up fehlt. Im Hintergrund redet meine Mutter über Skype mit meiner Großmutter. Sie sind so laut, dass ich das Gespräch in meinem Zimmer mitverfolgen kann. Yade (Großmutter) will mit mir reden. Sie sagt, ich würde mich distanzieren seitdem ich in Deutschland bin. Sie will den Grund wissen. Ich rolle mit meinen Augen, „ach nicht wieder diese Pflichten. Ich habe keine Zeit, muss dringend los". Meine Mutter, die das schon kennt, sagt, „ja, sie schläft schon, Yade".

Ich höre eine Enttäuschung in dem „ Baş e" (okey) meiner Großmutter. Ich nähere mich dem Spiegel, und setze behutsam meinen Eyeliner an. Der Lidstrich sitzt und ich erblicke meine Augen aus der Nähe.

Ich sehe etwas anderes.

Zum ersten Mal erkenne ich, dass meine Augen, die Augen meiner Großmutter sind. Meine Augen haben die gleiche Form, die gleiche Farbe und verursachen die gleiche Wirkung, jetzt wo ich tiefer in sie blicke. Diese Erkenntnis bringt etwas Verborgenes in mir hervor. Ich fühle etwas in mir aufsteigen, und sehe, wie Tränen aus meinen Augen herunterlaufen. Sie nehmen meinen Mascara, meine Foundation und meinen Lippenstift mit.

Ich sage die Party ab und wasche mein Gesicht.

In meinem Schlafanzug setze ich mich auf das Bett und weine. Ich sehe meine Großmutter, wie sie ihr erstes Wort „dayê" (Mutter) sagt. Ich sehe sie voller Kummer auf dem Balkon. Sie beobachtet, wie die Kinder in ihrem Alter zur Schule gehen, im Hintergrund hängt ihr Hochzeitskleid. Ich bin bei ihren 14 Geburten dabei und sehe sowohl die Schmerzen, als auch die Freude danach. Das Letzte, was ich spüre, ist ihre Hand in meiner, und wir gehen zum Freitagsbasar. Sie lacht und hat gute Laune. Das ist der einzige Tag, an dem sie rausgehen darf.

Freitag bedeutet für sie Freiheit.

Nach so vielen Bildern verstehe ich was passiert ist. Ich stehe auf, wische meine Tränen weg, gehe in das andere Zimmer und rufe: „Yade, erzähl mal, warst du heute beim Freitagsbasar? Ich vermisse dich".

Raffaello

Es war Eid. Als Kind stürmte ich zusammen mit meiner Cousine aus dem Haus, und wir klopften nacheinander an die Türen unserer Verwandten und Nachbarn. Nachdem die Türen geöffnet wurden, standen wir in einer Reihe. Die Hände streckten wir nach vorne, unsere gierigen Blicke aber richteten wir nach unten.

Je älter man wurde, desto eher bekam man Geld. Irgendwann aber, wenn man erwachsen geworden ist, musste man selber zahlen. Ich war die Jüngste, bekam also immer weniger als die Anderen, außer bei Apo (Onkel) Ferzand. Er wartete bis alle weg waren, nahm mich zur Seite und gab mir extra 50 Lira, damals in etwa 10 Euro. Das war sehr viel Geld, denn ich bekam meistens zwischen 10 und 15 Lira.

Apo Ferzand gab mir nicht nur mehr Geld, sondern bot mir auch von den teureren Süßigkeiten an. Vor Eid kaufte man zwei Arten von Süßigkeiten. Einmal die Billigen, die meistens in verschiedene Obstgeschmäckern kamen und für die Kinder gedacht waren. Die anderen Süßigkeiten waren teurer und standen als Symbol für die Wertschätzung der Gäste. Die Art der Süßigkeiten spiegelte die Identität der ganzen Familie wider. Die etwas reicheren Familien wollten, dass man noch lange über ihre Gastfreundschaft redete, das war der Fall bei Apo Barazan. Ich hörte, dass sie jedes Jahr die beste Auswahl trafen, aber wirklich schmecken konnte ich es nicht, denn das war für Kinder nicht erlaubt, auch für mich gab es keine Ausnahme.

Apo Ferzand war der einzige, der für mich eine Ausnahme machte. Er änderte seine Auswahl nie, egal wie vielfältig der Markt wurde und welche neuen Angebote er brachte. Er hatte jedes Mal fünf Sorten Süßigkeiten und eine Sorte Raffaello Schokolade auf dem Teller stehen. Raffaello wurde damals nur an Eid angeboten, doch nicht viele konnten sie kaufen. Ich nahm deshalb immer zwei Stücke. Er sagte, ich solle aufpassen, dass meine älteren Cousinen sie mir nicht wegnehmen. Ich nickte und ging springend vor Freude zu den anderen Häusern, um weiter zu jagen.

In Deutschland häufen sich allerlei Arten von Schokolade. Es gibt sie immer und zu jeder Zeit. Wenn ich jedoch an Raffaello vorbeigehe, kaufe ich sie nicht, auch nicht wenn ich das passende Geld habe. Ich habe Angst, dass wenn ich sie zu oft kaufe, ich irgendwann keine Verbindung mehr zu ihnen fühle. So wie, wenn der Lieblingssong zu oft wiederholt wird und man irgendwann nichts mehr spürt. Ich wollte diese Erinnerung nicht verderben. Aber jedes Mal, wenn die Tage härter werden und ich an meinem Selbstwert zweifle, schnappe ich mir ein Raffaello.

Schon gleich fühle ich mich besonders.

Orangenscheibe

Es war Herbst, die Blätter bedeckten die Straßen und Gassen von Prag. Am Abend nach einem langen Spaziergang führte uns der Weg in eine Jazz-bar. Wir kamen rein, ich bestellte einen Cocktail und genoss die Musik. Der Cocktail kam einige Zeit später, und auf ihm lag eine Orangenscheibe.

Die Orangenscheibe, ihr Geruch, und die Musik, vermischten sich und brachten mich ins Haus meiner Yade.

Im Herbst sanken die Kosten von Orangen, deshalb kauften wir dutzende Boxen davon und machten Säfte, die hoffentlich den ganzen Winter über halten würden. Das Haus war gefüllt, meine gesamte Familie war da und half. Yade, meine Cousine Laza und ich waren in der Küche und bildeten ein Team. Yade schnitt die Orangen, ich presste sie aus und Laza füllte den Saft in Flaschen.

Für eine Weile war Yade nachdenklich und ihre Hand schnitt eine Orange in der Mitte entzwei. Sie hob die Scheiben hoch, schaute uns an, und sagte: „Wisst ihr, diese beiden Scheiben seid ihr, sie erzählen eure Geschichte".

Laza und ich waren uns sehr ähnlich, wir mochten die gleiche Musik, lasen die gleichen Bücher, und ließen uns beide von Yade unsere Haare flechten.

„Seid ihr wirklich keine Zwillinge, ihr habt sogar identische Locken?", sagte Onkel Khaled vom Supermarkt nebenan jedes Mal. Irgendwann bejahten wir die Frage, „Ja, wir sind Zwillinge". Mit der Zeit glaubten wir wirklich an diese Lüge.

Es ist 8 Jahre her, seit ich sie zum letzten Mal gesehen habe. Unsere Schicksale trennten sich. Sie ist in Syrien geblieben, studiert Medizin, so wie wir mal geplant hatten, nur bin ich nicht ihre Mitbewohnerin.

Wir reden noch über Skype, weniger als zuvor. Wenn ich mit ihr rede, fühle ich, dass sich etwas verändert hat. Der Krieg hat ihre Scheibe der Orange verdorben und meine ist in der Fremde verrottet. Ich versuche noch vor ihr das alte Gesicht zu inszenieren. Denn ich fürchte, wenn sie mich wirklich sieht, dass sie mich nicht mehr wiedererkennt. Ich habe Angst, dass die Welt meiner Kindheit und meine jetzige Welt überlappen und zusammenbrechen. Deshalb trage ich die Maske vor ihr, und ich bin mir sicher, sie tut es auch.

Als die Musik in der Jazzbar zu Ende lief, war ich alleine da. Ich machte mich auf den Weg, nahm meine Jacke, und ging durch die Tür raus. Die Scheibe der Orange blieb unberührt auf dem Tisch liegen.

Hier sprechen die Sterne

Im Sommer wachte ich jeden Samstag im Bett meiner Großmutter auf, das war eine Tradition. Auch war es eine Tradition, dass die Sonne grell auf mich herabschien, dass Onkel Khalid mit seinem Wagen auf offener Straße laut Socken verkaufte und die Nachbarn auf dem Balkon sich miteinander schreiend über Serien unterhielten.

Doch immer vor diesem anstrengenden Morgen, gab es eine besondere Nacht, eine wunderbar angenehme und fast magische Nacht.

Jeden Freitag schlief ich auf dem Dach meiner Großmutter. Auf ihrem Sommerbett und unter den Sternen. Ich wunderte mich immer, warum ausgerechnet an diesem Ort die Sterne mich erkannten, mich ansprachen und mir Geschichten erzählten.

Die Sterne hatten hier nicht nur die Fähigkeit zu sprechen, sondern konnten sich auch verformen und sich neu färben. Sie versammelten sich, nahmen verschiedene Formen an und verursachten unterschiedliche Wirkungen. Manchmal wurden sie eine Hand, die meine Haare streichelte, ein Ohr, das meinem kindlichen Unsinn aufmerksam zuhörte. Manchmal aber ein Teppich, der mich zu einer Märchenreise mitnahm.

Ich sah, wie ein Mädchen mit rotem Käppchen durch die Wälder rannte, oder wie ein Prinz seine schläfrige Prinzessin küsste.

Das letzte Mal sah ich einen kleinen schwarzen Fisch, der in einem kleinen See wohnte. In diesem See wohnten alle Fische seiner Art und sie durften ihn nicht verlassen.

Sie sagten dem kleinen Fisch, seine Farbe würde sich verändern, er würde nicht mehr dazugehören, sollte er jemals in den benachbarten Fluss springen. Doch der kleine schwarze Fisch sehnte sich nach dem weit entfernten Ozean. Eines Tages wurde der See ihm zu eng und er entschied sich zu springen. Sobald er gesprungen war, änderte sich seine Farbe zur Farbe der dort lebenden Fische. Er konnte nicht mehr zurück. Der Fisch entschied sich seine Sehnsucht weiterzuverfolgen. Er schwamm neben den größeren Fischen und sprang von Fluss zu Fluss, von See zu See. So änderte sich die Farbe des kleinen Fisches und er wurde größer.

Als er es am Ende in den Ozean schaffte, wurden seine Schuppen golden. Als die anderen Fische sich nicht mehr ihm wiedererkennen konnten, dachten sie, er wäre etwas Heiliges und himmelten ihn an. So lebte der große goldene Fisch in dem Ozean glücklich und für immer.

Die Stimme der Sterne ähnelte der Stimme, dem Klang und der Melodie meiner Großmutter.

Mein weißer Hut

Ich komme in die fünfte Klasse, endlich kann ich die neue Uniform tragen. Ein rosa Hemd, eine blaue Hose, eine Jacke und ein weißer Hut, den meine Tante mir genäht hat.

Es ist Sonntag, der erste Schultag. Wir stehen in einer Reihe, ehren die Flagge von Syrien und beten das Motto der Partei des Präsidenten herunter. Danach singen wir gemeinsam die Nationalhymne. Die Regeln sind strikt und keiner darf sich währenddessen bewegen. Der Direktor sieht uns genau an, in der Hoffnung einen zu erwischen, der seinen Mund nicht bewegt.

Während wir das Lied vorsingen, nimmt der Junge hinter mir meinen weißen Hut. Ich drehe mich um und sehe, wie er weiter mitsingt, als wäre nichts passiert. Ich sage ihm, er soll mir meinen Hut wieder zurückgeben. Er reagiert nicht. Kurz darauf steht der Direktor vor mir und gibt mir eine Ermahnung.

Diaar, der Junge, kichert vor sich hin, und ich spüre, wie der Hass in meinem Gesicht aufsteigt.

Ich werde rot.

In der Klasse sitze ich ganz vorne, damit die Lehrer mich sehen, anerkennen und mir gute Noten geben. Diaar sitzt hinter mir. Ich musste mit ihm kämpfen, um diesen Platz zu bekommen, denn wir sind beide die einzigen Kurden in der Klasse und versuchen uns zu beweisen.

In der Pause nimmt er wieder meinen weißen Hut und rennt damit zum Hof. Ich renne ihm hinterher und als ich aufgebe ihn zu fangen, schmeißt er meinen Hut auf den Boden und rennt weg. Am nächsten Tag trage ich meinen Hut nicht mehr und er lässt mich in Ruhe.

Im Kunstunterricht lege ich einen Apfel vor mich hin und zeichne ihn. Meine Freundin ruft mich, und ich gehe zu ihr. Währenddessen schüttet Diaar Wasser auf mein Heft und die Zeichnung ist ruiniert. Ich sehe, wie er mich lachend herausfordert und dieses Mal befreie ich das Monster in mir.

Ich gehe zu seinem Platz, meine Wut sammelt sich in meiner Faust, aber als ich sie in seinem Gesicht platzieren will, fängt er sie und hält sie auf dem Tisch fest. Er guckt mich nicht an und flüstert, „schhh, die Lehrerin ist da". Ich schaue kurz zur Lehrerin hin und dann gucke ich ihn genauer an. In seinen Augen sehe ich die Spiegelung der Sonne und sie strahlen. Ich höre mein Herz schnell schlagen, meine Hände zittern und ich atme schwer. Er hält noch meine Hand und drückt sie.

Ich werde rot.

Im Arabischen sagt man, „zwischen Liebe und Hass liegt ein Haar". Auf diesem Haar stehe ich jetzt.

Gleich wird es mir unangenehm. Ich ziehe meine Hand schnell zurück und gehe zu meinem Platz. Mein Gesicht bleibt rot, mein Herz schlägt noch schnell und auf mein Gesicht malt sich ein leichtes Lächeln.

Am nächsten Morgen trage ich meinen weißen Hut wieder.

Für die Liebe singen

Nach einem langen langweiligen Date, komme ich endlich nach Hause. Ich lege mich auf das Bett, höre Musik und scrolle durch Bumble. Diese Woche hatte ich zwei Dates, letzte Woche waren es fünf.

Die Musik springt plötzlich auf den Lieblingssong meiner Großmutter. Ich höre dieses Mal der Lyrik genauer zu. Das Lied erinnert mich an das Gespräch mit ihr, über ihr Singleleben und wie sie meinen Opa kennengelernt hat. Sie sagte, in meiner Stadt haben die Mädchen früher gesungen, um die Aufmerksamkeit der Jungs zu bekommen. Sie entschieden sich für einen bestimmten Song, sangen diesen und er sollte so eine versteckte Botschaft transportieren. Den Frauen wurde damals vieles verboten und die meisten lernten ihren Mann erst nach der Heirat kennen, so wie meine Großmutter. Aber es gab genügend rebellische Frauen, die andere Wege fanden, um ihre Bedürfnisse auszuleben.

Ich fand das schön. Das allererste, was ein Junge von einem Mädchen hörte, war ihr Gesang, ihre Melodie, aber nicht ihre eigentlichen Worte. Ich fragte sie, wie genau das funktionierte, wenn die Frauen nicht öffentlich singen konnten. Daraufhin hatte sie mir diese Geschichte erzählt:

Ich war zehn und spielte mit den Kindern aus der Nachbarschaft. Die 15-jährige und sehr hübsche Fatima kam zu mir und fragte mich, ob ich sie zum Fluss begleiten könne. Sie würde dort Klamotten waschen und sie dürfe natürlich nicht alleine hin. Ich unterbrach das Spiel und ging mit ihr. Auf dem ganzen Weg sang sie. Sie hatte eine wunderschöne und angenehme Stimme. Das hat mich so gefesselt, dass ich schon gleich stumm wurde. Ich ließ mich von ihrer Magie verzaubern. Ihre Stimme wurde melancholisch und ich spürte die Reflexion in meiner Seele.

Nach einer Weile hörte ich ein leichtes Knirschen zwischen den Feldern. Ich sah, dass ein Junge uns verfolgt hatte. Als ich überrascht Fatima anstarrte, beruhigte sie mich mit einem Nicken. Ich habe erkannt, dass der Junge Fatimas Geliebter war.

Als wir fertig waren, brachte mich Fatima nach Hause und ich fragte sie: „Warum hast du mich mitgenommen? Du hättest deine Schwester oder ältere Mädchen aus der Nachbarschaft fragen können?"

Fatima lächelte und flüsterte in mein Ohr: „Weil ich weiß, dass du es Niemandem verrätst".

Nach einem Jahr heiratete Fatima, meine Großmutter war auch eingeladen. Sie war aber verblüfft zu sehen, dass neben Fatima ein anderer Junge saß.

Krieg und Sünde

Ich war elf, als vor meinem Fenster die Menschenmassen nach einem Regimesturz riefen.

Revolution.

Was das genau war, wusste ich nicht. Es war das erste Mal, dass ich den Namen Syriens überall in den Nachrichten sah. Jeder hatte darüber berichtet und ich hielt es sogar für etwas Gutes sichtbar zu sein. Es sollte bloß nicht sehr lange dauern.

Zwei Jahre später wurde die Sache noch komplizierter. Mein Onkel hatte uns besucht, und eine Laterne, Kerzen und Benzin mitgebracht. Er sagte: „Ihr solltet gut gerüstet sein, denn es ist Krieg".

Das Wort Krieg fiel auf meine Ohren so schwer, dass ich auf einmal Still wurde. Wie naiv das klingt, aber die Wasserknappheit, Stromausfälle, Benzinmangel und mehrere Bomben waren für mich keine Warnsignale. Erst als mein Onkel das Wort Krieg in den Mund nahm, fesselte mich die Angst.

Wie geht man damit um, wenn auf einmal Krieg im Land ist, wie reagiert man darauf?

Die Reichen und die Politiker, waren die ersten, die das Land verließen. Die Geschäftsleute fanden im Krieg eine Möglichkeit sich auf Kosten und mit dem Blut anderer ein Vermögen anzuhäufen.

Überraschenderweise haben sich die Menschen aus den ärmsten Schichten, diejenige die kaum jemals Einfluss auf das Geschehen im Land genommen hatten und lediglich Opfer des Krieges waren, am häufigsten schuldig gefühlt.

Als der Krieg ausbrach und wir zusahen wie schlimm die Situation wurde, als wir keine Hoffnung mehr hatten, sah ich auf dem Gesicht vieler bescheidener Syrer nur Verwirrung und ich konnte Schuld ablesen.

Ich hörte immer mehr Menschen in der Moschee rufen: „Gott, was habe ich getan, um so bestraft zu werden?".

Die meisten Syrer waren damit beschäftigt in

ihren Erinnerungen herumzusuchen. Sie suchten nach den Sünden, welche sie irgendwann einmal begangen hatten, sie suchten nach Gründen. Vielleicht weil sie einen Hund auf der Straße überfahren hatten, vielleicht hatten sie auch einfach nicht oft genug gebetet, vielleicht war der Sohn der im Streit seine Mutter angeschrien hatte Schuld an Allem.

Als das Volk damit beschäftigt war, um Vergebung zu bitten, versammelten sich Politiker an einem Tisch und entschieden über sein Schicksal.

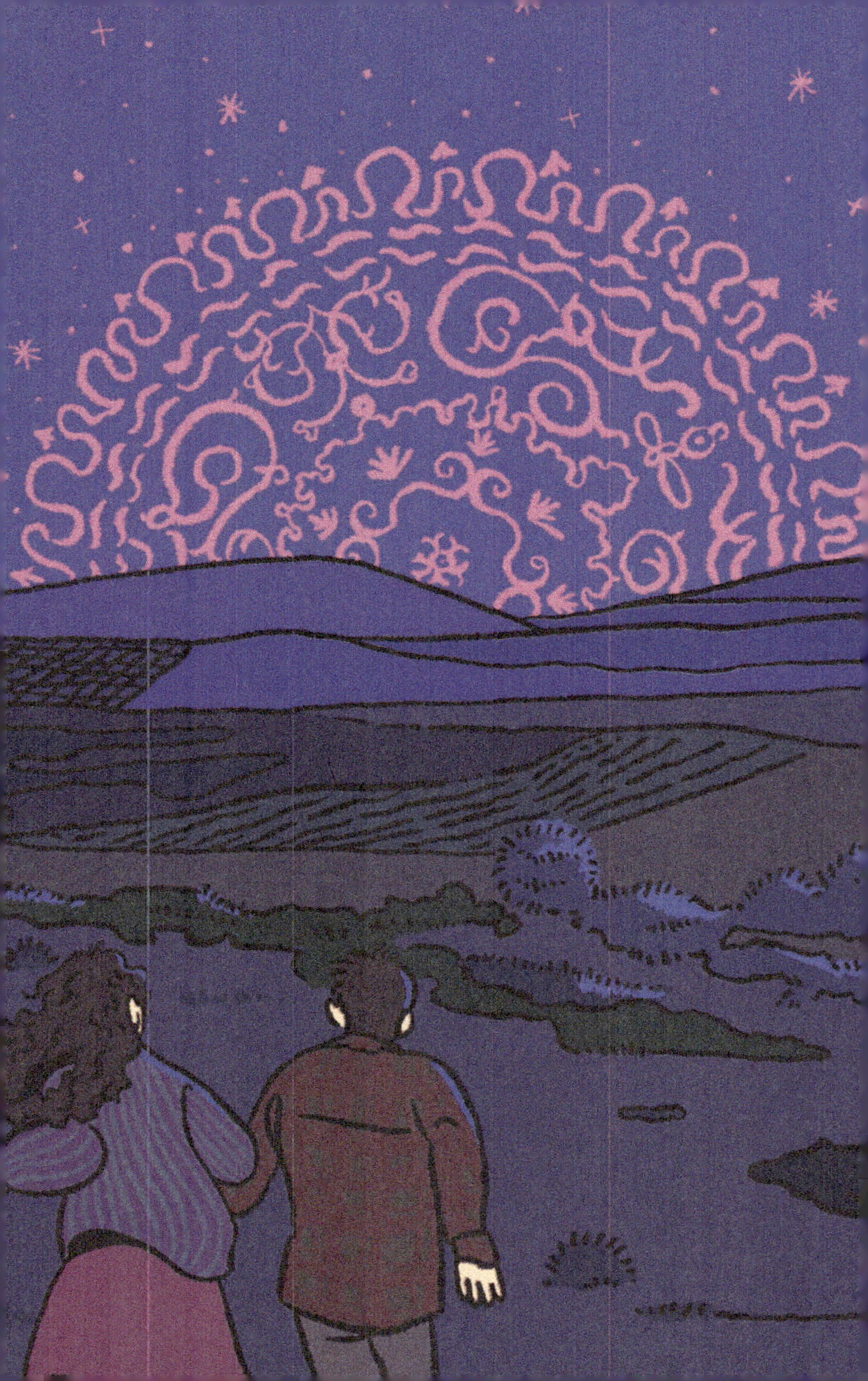

Der Jasmin und die Kugel

Endlich klingelte es und ich durfte in dir Pause gehen. Ich rannte über die Treppe und stellte mich vor dem Buffet an. Immer wieder kamen die Schüler aus der Stufe über mir und drängelten sich in der Schlange vor. Das passierte jedes Mal, weshalb ich in den letzten Tagen nichts zu essen bekommen hatte, denn die Pause war immer nur 15 Minuten lang.

In meiner Hand hielt ich 25 Lira und hörte, wie mein Magen brüllte. Einer der größeren Jungs schubste mich und ich fiel.

Als die Verkäuferin das sah, rief sie: „Hey, du mit den Locken". Dann streckte sie ihren Arm aus und sagte: „Schnell, was willst du haben?"

„Einmal Lays bitte", sagte ich und übergab ihr das Geld.

Die Augen der Verkäuferin strahlten, alles an ihr hatte das Bedürfnis zu kommunizieren, ihre schwarzen glänzenden Locken, ihr breites Lächeln, auch ihr Duft nach Jasmin flüsterte mir in einer Sprache zu, die ich damals nicht verstand.

Lamis die Verkäuferin, sagte mir, ich solle das nächste Mal nur ihren Namen rufen, dann bekäme ich schneller, was ich will.

Am nächsten Tag, wieder in der Pause, rannte ich zum Fenster hin und rief nach Lamis. Sie kam nicht. Als ich mich streckte, sah ich hinter dem Fenster ein anderes Mädchen mit geschwollenen Augen stehen. Später erfuhr ich, dass sie die Schwester von Lamis war. Nur ihre Schwester strahlte nicht, ganz im Gegenteil, sie war betrübt.

Ein paar Wochen später verstand ich, was hinter diesen geschwollenen Augen steckte. Lamis hatte das Haus ihrer Familie verlassen. Sie hatte sich in einen Muslim verliebt und war mit ihm geflohen. Ihre Eltern waren gegen diese Beziehung, denn sie waren Christen.

„Sie hat uns beschämt und unsere Ehre beschmutzt", schrie ihr Vater einmal vor der Schule. „Vater, ich werde sie fangen und vor dir umbringen, so reinige ich wieder unsere Namen", sagte ihr Bruder. In seinen Augen war keine Wut, sie waren tot.

Wochenlang war das Thema ein Hit in unserer Schule. Viele beschimpften Lamis mit den schlimmsten Schimpfwörtern und waren eher verständnisvoll gegenüber ihrer Familie. Aber wie könnten sie das auch verstehen? Sie haben ihre strahlenden Augen nicht gesehen, sie haben die Liebe in ihrer Aura nicht gespürt, so wie ich es in dieser einen Begegnung getan hatte. Ich lernte von Lamis, die ich nur für eine Minute kennenlernte, was es bedeutet zu lieben.

Zehn Jahre später erzählte mir eine Freundin, Lamis und ihr Mann wurden von ihrem Bruder erschossen, sie sind beide tot umgefallen.

Als ich das hörte, konnte ich Asche vermischt mit Jasmin riechen, ich sah die Kugel und stille Menschen. Die Kugel traf nicht nur sie, sondern war stark und laut. Sie hat das schönste Gemälde meiner Kindheit zerhackt, sie hat meine reinste Erinnerung mit Blut bemalt.

Schutzengel

Unter einem großen Fenster setze ich mich hin und lerne. Die Geographieklausur ist morgen. Ich lerne so intensiv, dass ich alles um mich herum ausblende. Vor mir stehen Bücher, Hefte und eine Weltkarte.

Meine Hand hört plötzlich auf zu schreiben, meine Beine ziehen mich hoch und plötzlich stehe ich. Ein Atemzug später explodiert die Moschee neben uns.

Ich höre einen lauten Knall, die Fensterscheibe explodiert und ich sehe in Slow-Motion, wie die Scheiben zerfallen, zerschmettert werden und alles zerstören.

Für eine Weile höre ich nichts, sehe aber meine Mutter zu mir kommen und mich umarmen. Das Erste, was sie ausspricht, ist mein Name.

„Aha ich existiere also noch", beruhige ich mich. Meine Zunge kann das aber noch nicht bestätigen. Ich löse mich von meiner Mutter, laufe zur Tür und fange an aus Instinkt heraus, meinen Bruder und meinen Vater zu suchen.

Sobald ich das, was von der Tür übrig geblieben ist, aufmache, schockieren mich die Bilder so sehr, dass ich zwei Schritte nach Hinten gedrückt werde.

Meine Stadt steht in Flammen.

Beim Suchen wundere ich mich, wer hat mich gerettet? Es gibt keinen Grund dafür, dass ich aufgestanden bin. Wäre ich nicht aufgestanden, würde ich entweder Tod oder eben schwer verletzt sein. Mein Name würde sich in eine Zahl verwandeln. Ich würde verschwinden. Kein Gesicht, kein Körper, keine Stimme, einfach nur eine Zahl im Fernsehen. Also, wer hat mich gerettet, war das Gott?

Wir finden meinen Bruder, ihm geht es gut. Mein Vater blieb verschwunden. Ich laufe barfuß auf den Scherben und spüre nichts. Meine Augen blinzeln nicht. Ich atme nicht bis ich ihn sehe.

Er steht gerade, sein Kopf ist umgedreht und als er mich sieht, lächelt er. Jetzt in diesem ganzen Elend, als wäre nichts passiert, lächelt er. Ich bin sofort beruhigt, habe keine Angst. Spüre meine Füße und atme wieder. In diesen Moment war ich der festen Überzeugung, dass das Lächeln meines Vaters, mich gerettet hat.

Er war mein Schutzengel.

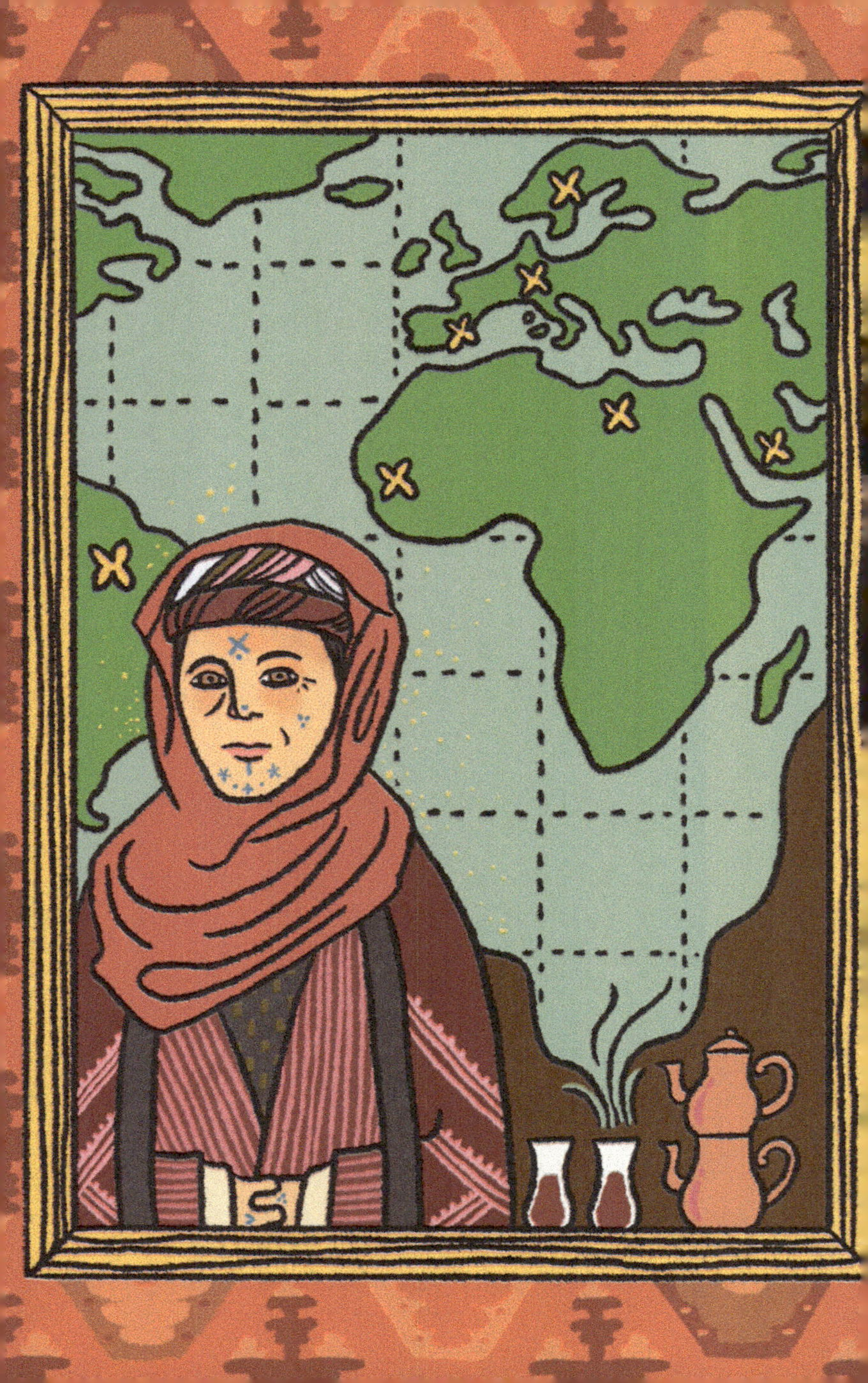

Weltkarte

Barfuß, in einem langen Kleid, mit einem ihrer Finger im Mund, und einer Miene die ihre Nachdenklichkeit zeigte, so stand meine Großtante in ihrem Zimmer vor einer riesigen Weltkarte. Schahaa, meine Großtante, war mit ihren 55 Jahren noch nie in der Schule, war nie verheiratet und hatte vermutlich noch nie ein Paar Schuhe besessen, das sah man an der Härte ihrer Füße.

Als sie mich sah, lächelte sie nicht. Sie ging zum Schrank nahm Oliven, Çay, und Naan heraus, stellte sie vor mich hin und wir aßen.

Irgendwann brach sie die Stille und fragte: „weißt du wo Schweden liegt? Es liegt am Ende der Welt. Schweden ist sehr weit Weg von hier." Ich hörte zu, sagte aber nichts.

Dann fing sie an mit der Hilfe ihrer Hände und Fantasie die Weltkarte auf dem Boden zu malen. Nach vielen Versuchen, konnte ich nicht verstehen, was sie genau wollte. Ich sah aber das Leiden in ihren Augen.

Sie stand am Ende auf, den Zeigefinger platzierte sie auf der Karte und brach in Tränen aus. „Hier wollen dein Cousin und deine Cousine Furat und Juwan hinfliehen. Sie sagen, die Stadt ist humaner als alles hier und sie würden die Behinderung von Furat heilen. Aber das ist weit Weg und ich werde sie nie wieder sehen," schrie sie. Als ich die Karte genauer anguckte, sah ich, dass Schweden mit einem X markiert war.

Meine Großtante, die noch nie in der Schule war, noch nie verheiratet war und noch nie einen Fernseher besessen hatte, war wissbegierig, neugierig und sehr schlau. Sie hat sich selbst Arabisch beigebracht. Sie kam uns immer besuchen und wollte bei uns die Nachrichten sehen. Als mein Vater ihr anbot, einen Fernseher zu kaufen, weigerte sie sich und nahm dies als Beleidigung auf. Sie war danach wochenlang nicht bei uns. Ich verstand, dass das Fernsehen eigentlich nur eine Ausrede war, um uns zu besuchen.

Wir waren ihre ganze Welt.

Meine Großtante, die ihr Leben für ihre Brüder geopfert hat, die für sie und für uns wie eine zweite Mutter war, hat die Stadt nie verlassen.

Sie blieb vor der Weltkarte stehen und sah durch ihr kleines Fenster zu, wie jeder von uns einzeln die Stadt verließ.

Sie markierte auf der Weltkarte, die Länder, in welche wir zogen. Langsam wurde die Karte voll und die Stadt Leer.

Schahaa, meine Großtante, hatte mit ihren 55 Jahren alles gesehen und war überall gewesen. Sie stand bis zu ihrem letzten Tag aufrecht auf ihren harten Füßen.

Aus dem Grab

Mein Urgroßvater schrieb:

Es ist Winter.

Sie sind jetzt da, sie nähern sich, und wir müssen jetzt Weg von hier. Atatürk hat angefangen, die Dörfer neben uns in Flammen zu setzen. Die meisten sind tot, die anderen sind ins entfernte Syrien geflohen. Ich werde das nicht tun. Ich werde bis zum letzten Tropfen für mein Land kämpfen.

Es ist Nawroz.

Ich habe viele Kurden getroffen, die genau wie ich ein freies Land haben wollen. Wir sind jetzt stärker und haben eine Revolution gestartet. Bis jetzt haben wir viele Orte befreit und sind näher an unserem Ziel gekommen. Die nächsten Tage sind die entscheidenden.

Es ist Herbst.

Sie haben uns betrogen, unser Volk. Die von denen ich dachte, sie wären unsere Freunde, waren unsere Feinde. Wir haben es bis zur letzten Stadt geschafft, haben gefeiert, waren hoffnungsvoll. Dann kamen die Soldaten, nicht unsere Soldaten. Sie haben uns alle vernichtet, die einen ins Grab, die anderen ins Gefängnis. Ich sitze jetzt im Gefängnis und überlege aufzugeben, nur wie?

Es ist Nacht und ich bin aus dem Gefängnis geflohen. Ich habe einen Soldaten reingelegt. Ich habe ihm gesagt, ich würde ihm unseren Plan verraten, und er liegt jetzt ohnmächtig in meiner Zelle. Ich bin in einer Moschee gelandet und liege jetzt im Sack eines Toten, es stinkt hier.

Gestern ist etwas komisch passiert. Ich lag im Sarg und es wurde für diesen Toten am Morgen gebetet. Der Imam fing an Gebete zu geben und deutet darauf hin an, er würde das Grab ausheben. Ich habe das gehört und wollte Weg. Ich öffnete den Sarg, und habe die Leute erschrocken, sie dachten, ich sei der Tote. Am Ende rannten alle aus der Moschee. Das tat ich dann auch.

Es ist Sommer und sehr warm. Ich habe es über die Grenze geschafft und, ich bin jetzt in einer anderen Stadt gelandet. Es ist ein Jahr her und ich bin ein anderer Mensch geworden. Viele

Kurden leben hier. Ich habe eine gute Familie getroffen und nach der Hand ihrer Tochter gefragt. Wir haben geheiratet und als der Beamte nach meinem Nachnamen gefragt hat, log ich."

Ich lese das in einem Buch, welches mein Urgroßvater und danach mein Großvater geschrieben hat. Es ist mir aufgefallen, wenn mein Urgroßvater aufgegeben hätte, wäre ich nicht hier, hätte das alles nicht geschrieben und es gäbe keine Geschichten.

Danke Urgroßvater für das nicht Aufgeben.

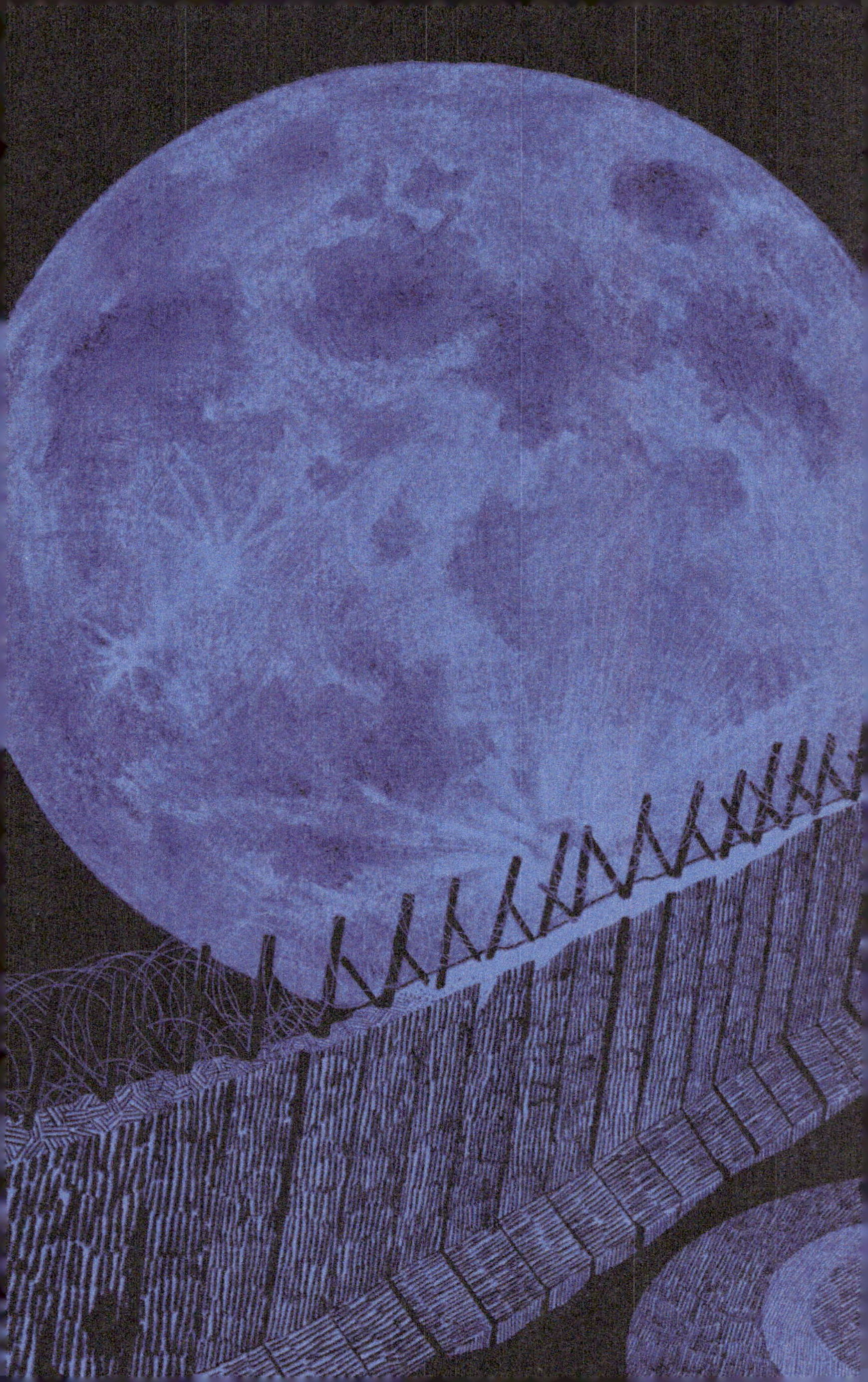

Auf der anderen Seite

Ich stehe mit 20 andere Köpfen, so nannten sie uns, an der Grenze zwischen Syrien und der Türkei. Auf der syrischen Seite stehe ich, mein Urgroßvater steht auf der anderen Seite. Ich sehe ihn, spüre seiner Angst, und kann seine Gedanken lesen. Wir haben dieselben Gedanken.

Wir verlassen beide unsere Heimat und gehen in das Ungewisse hinein. Wir wundern uns, was kommt danach?

Ist das überhaupt richtig? Trotz all dieser Verzweiflung gehen wir weiter und flüstern beide die gleichen Auszüge aus dem Koran. Das beruhigt uns. Auf dem Weg sind viele Löcher, Scherben, mal höheres Gras, mal tieferes. Deswegen stolpere ich ständig und immer wenn ich das tue, sehe ich ihn wieder aufstehen und weitergehen, das tue ich auch.

Wir sind eine Stunde voneinander entfernt. In einer Stunde, werden wir nicht mehr dieselben Menschen sein, wir werden das Label Flüchtlinge auf uns tragen und das für immer, aber besser Flüchtlinge als Tote, das denkt er bestimmt auch.

Ich nähere mich den Zäunen und spüre ihn. Plötzlich gibt es einen Knall und darauf folgen mehrere Schüsse. Die Anderen fliehen in unterschiedliche Richtungen. Ich bleibe stehen, packe meine Hände auf meinen Kopf und umklammere mich. Die Schüsse nähern sich und ich bin mir sicher, heute gibt es keinen Ausweg mehr, da ich den letzten Schrei verstummen höre und Blut um mich herum rieche.

Meine Hände werden gegriffen, und ich werde aus meinem Schwerpunkt gerissen, mein Körper antwortet auf diese Einladung und wir rennen.

Das ist mein Urgroßvater, auf seinem Gesicht kann ich nur Entschlossenheit erkennen. Wir laufen auf den Scherben, beide unsere Füße bluten und wir fühlen denselben Schmerz.

Auf dem Weg verliere ich mein Schutzamulett, blicke ein letztes Mal hinter mich und weine, leise. Atemlos.

Auf der anderen Seite stehen wir jetzt, er

wischt die Tränen aus meinen Augen. Sagt, er würde das Amulett wieder aufheben, er würde das seiner Tochter geben und irgendwann bekomme ich es auch, vielleicht in 80 Jahren.

Er geht.

Ich gucke wie er in die Dunkelheit verschwindet und merke, um mich herum ist niemand. Die 20 Köpfe haben es nicht geschafft. Ich fühle mich einsam und versuche die Schwere von eben zu verdauen. Über mir ist ein Vollmond. Ich blicke ihn wütend an und schreie: „Du hast das alles gesehen, du bist der einzige Zeuge des Ganzen, und trotzdem bist du nicht ausgebrochen, hast deine Farbe nicht geändert, bist nicht durchgedreht und hast die Welt nicht in Beben versetzt. Nein du bist still, weiß und ruhig geblieben".

Shereen Sayda

Shereen wurde in Syrien geboren und wuchs dort in bürgerlichen Verhältnisse auf. Sie begeisterte sich schon früh für Literatur und Lyrik, diese Leidenschaft musste sie allerdings hinten einstellen, als der Bürgerkrieg sie zur Flucht in die Türkei Zwang und dann nach Deutschland. Sie studiert seit 2021 Ethnologie an der Universität Hamburg.

Shereen Sayda schreibt auf
www.story.one

schreib's auf
story.one

Faszination Buch neu erfunden

Viele Menschen hegen den geheimen Wunsch, einmal ihr eigenes Buch zu veröffentlichen. Bisher konnten sich nur wenige Auserwählte diesen Traum erfüllen. Gerade mal 1 Million Autoren gibt es heute – das sind nur 0,0013% der Weltbevölkerung.

Wie publiziert man ein eigenes story.one Buch? Alles, was benötigt wird, ist ein (kostenloser) Account auf story.one. Ein Buch besteht aus zumindest 12 Geschichten, die auf story.one veröffentlicht und dann mit wenigen Clicks angeordnet werden. Und durch eine individuelle ISBN kann jedes Buch dann weltweit bestellt werden.

Jede lange Reise beginnt mit dem ersten Schritt – und dein Buch mit einer ersten Story.

Wo aus Geschichten Bücher werden.

#storyone #livetotell